ゆびさき怪談

一四〇字の怖い話

岩城裕明／藍内友紀／一田和樹／井上 竜／織守きょうや
最東対地／ササクラ／澤村伊智／白井智之／百壁ネロ
堀井拓馬／円山まどか／矢部 嵩／ゆずはらとしゆき

PHP
文芸文庫

○本表紙デザイン＋ロゴ＝川上成夫

ゆびさき怪談　もくじ

黒の章

Contributors

岩城裕明
藍内友紀
一田和樹
井上 竜
織守きょうや
最東対地
ササクラ
澤村伊智
白井智之
百壁ネロ
堀井拓馬
円山まどか
矢部 嵩
ゆずはらとしゆき

文字の降る街

書かれようとして書かれなかった物語が無数にあり、それらはこの街へと降り注ぐ。もじもじ鳥がついばむ前に文字を集め、製本するのが私の仕事だ。書かれなかった物語の図書館で、私は拾った文字を組み続ける。そうして物語は語られ始める。

円山まどか

赤と黒の絵

赤と黒とで殴り書きされた螺旋《らせん》。それを示して、娘はパパとママを描いたのだという。どの辺りがパパかと問うと、考え込む。ではどこがママかと問えばやはり考え込み、やがて泣き出す。「パパとママ、まざっちゃってる」。不吉に思って搭乗を見合わせた飛行機が落ちた。娘は絵のことをすぐに忘れた。

堀井拓馬

黒髪

新幹線でふと目を開けると、前の座席の上部から、すだれのように黒髪が垂れさがっていた。髪の間から、折り畳みテーブルのグレーが見え隠れする。

呆然と見つめていると、髪はするすると引き上げられていき、毛先が前の席へと引っ込んだ。前の席に客はいただろうか。見なかったことにして、目を閉じる。

白樹病

奇病博物館で、白い樹を見た。葉も花もなく、枝々には腐った肉が垂れ、幹は乾いた血で汚れている。あれは何の木か、と学芸員に問うと、骨が樹状に異常発達する病に罹《かか》った、猿の成れの果てなのです、という。猿ね、と応えながら私は、枝で貫かれ血と肉に塗《まみ》れたボロボロのワイシャツから目が離せない。

堀井拓馬

青いTシャツ屋さん

けったいな古着屋やな。アメ村はすぐ店替わりよるから前あった店あらへんやんけ。なんとなしに入ったこの店もなんや、なんでも奇をてったらええもんちゃうど。しかもあれや、店内Tシャツしかあらへん。しもたなぁ、専門店か。しゃあけどなんで店員も客も肌青いねん。出口もないし。

夢

夢と現実の区別がつかなくなる、そんなときは、窓を見る。現実なら青いはずのカーテンが、夢の中では別の色なのだ。

つまり、これは夢。気づくと同時に目が覚める。

洗面所へ向かう途中で、あ、これも夢だ、と理由もなく気づく。ぐらんと視界が揺れ、目を覚ませばベッドの上。窓を見る。カーテンは紫だ。

水色の病院服

サバの刺身の食当たりで入院した日曜、夕闇の病院で一日千円のぼったくりテレビカードを差し込むと、吸入器を着けた歌丸と水色の色紋付を着た小圓遊が罵《ののし》り合っている。これは亡者《もうじゃ》の戯《たわむ》れかと首を捻《ひね》ると「チャラーン。こん平DEATH」。意識は帰りの鞄へ呑み込まれ、伊勢屋のご隠居と再会した。

水彩画の町

霧雨の舞う灰色の日である。用事の帰途、目のまえでふと女性がよろめいた。

立ち直ったあと鞄が忘れ去られていたので声をかけると、

「いいえ、それは、わたしのものではありません」

女性は眉をひそめて、

「血がついていますね」

鞄の口に血が飛んでいる。雨に滲んだ血の色が革の上を滑った。

円山まどか

心中

彼は一途《いちず》な人だったから、わたくしのことなど気に留めることもなく、すぐに姉さまのあとを追ってしまった。

浜に打ち上げられた彼は死しても姉さまを抱きしめており、姉《いまし》さまは彼ではない男と小指といわず手首といわずぐるぐると赤い糸で縛めあっていた。

あざ

息子の身体にあざがある。学校でいじめられているようだ。息子に尋《たず》ねても違うとしか言わない。しかたがないので息子の身体に染料を塗った。透明だが、触れて時間が経つと青くなる。息子を殴った相手の手が青くなるはずだった。しかし会社を休んで学校を見張っても青い手の生徒は見つからなかった。家に帰ると、妻の手が青くなっていた。

一田和樹

キンモクセイのいう通り

大きな君と木の下で死ぬ。どこにも帰る場所なんてないな。僕らに怖いものはないだろ。何故怖い話が新たにもう一つこの世に要るの。要らないよ。ニュース見たろ。絵の具は捨てていい。何もないのに指だけが真っ黒だよ。明日が怖い。生きるのも死も。顔などもうないだろ。それでも君と話したいのかよ。

白塗りの悪魔

棺《ひつぎ》から甦《よみがえ》った悪魔は、帽子を被り、歯には白粉《おしろい》を塗っていた。悪魔は靴底で十字架を踏み躙《にじ》ると、蜜柑《みかん》の岬で双生児を銃殺。樫鳥《かしどり》が鳴き、十日間の災厄が始まる。報復を中途で終えられるのはフォックス家の老婆のみ。九尾《きゅうび》の猫を見つけ、その在処《ありか》を緋文字《ひもんじ》で盤面に記さねば、第八の日に帝王は死ぬという。

白井智之

神殺しの祭

巨大な頭蓋骨を磨く仕事をしている。白砂を掌《てのひら》にすくって、こびりついた血肉を擦り落とすのだ。頭蓋骨の中に踏み台を持ち込んで、脳天の内まできれいにする。透き通るまで磨き上げるとすぐに、次がくる。

人に屠《ほふ》られた神さまの骨だと、噂にきいた。

読んではいけない本

図書室の隅に「開けるな」と書いてあるダンボール箱があった。えっちな本かもしれないと思って開けたらアルバムだ。僕の家の写真があって、お父さんとお母さんの死体が写っていた。怖くなって走って家に帰るとふたりは死んでいた。「写真はもう一枚あるよ」。うしろで声がした。

一田和樹

音楽室

午前二時の音楽室。ひとりでに鳴るピアノを聴くと、二度と音楽で心満たされることがなくなるという。友人を伴って細工しておいた窓から校舎内へ入り、音楽室の前で待つ。そして午前二時。「何も聞こえないじゃんね」。僕が言うと、友人は口をパクパク。「何やってんの?」。また口をパクパク。変なやつ。

堀井拓馬

部

わーようこそー新入生だよね？　えーうちの部に興味あるんだー変わってるねーとか私が言っちゃうのはあれか、あはは、で、さっそく体験とかしちゃう？　なに使う？　カッター、包丁、刀あるよー？　え、部員？　いま私だけだねーみんな死んじゃったから、まあ切腹部の宿命だよねー、あ、私は介錯《かいしゃく》専門だからー。

百壁ネロ

脳漿バーン！

制服に着替えて朝礼にでた時、胸ポケットにメモ帳が入っていた。見覚えないそれをめくってみると「脳漿《のうしょう》バーン！」と書いてある。しまった、ロッカーを間違えたのだ。即ち、これは俺の制服じゃない。慌てて戻ろうと思ったが運悪く転んでしまった。パックリ口を開けた裁断機に頭から。

ひとさらいと夕暮れ

ひとさらいは夕暮れに乗ってやってくる。郵便配達夫の格好をして、六時のサイレンに紛れて子供を鞄に詰め込んで去る。

受験の差し迫った冬の夕、バス停で単語帳から顔を上げると夢のように大きな月の前を郵便配達夫が横切るのが見えた。

鞄から子供の手が伸びて、助けを求めるように動いている。僕は子供の頃失踪した友人のことを思いだしたが、それ以上は逆光に翳《かげ》ってよく見えなかった。

円山まどか

異

え、大丈夫ですよ、車で轢《ひ》かれて死んだら人ってだいたい異世界に転生するんですよ、だからえーと、タカシくんでしたっけ、俺のおかげで今ごろ転生してますよ、で、なんか冒険とかしてるんじゃないですか、『五歳の僕が異世界で勇者はじめました』みたいなタイトルで、ふっ、ふふふ。

不滅

脳がある限り意識が不滅だということを知ったのは、殺されてからのことだった。

首だけになった私は、私の行方不明を、携帯に向かって懸命に嘆いている、血《ち》塗《まみ》れの優子をじっと横向きに見つめている。

やがてコンクリートで視界が塞《ふさ》がれ、私はどこかへと運ばれた。

まもなくして聴こえてきたのは、鯨《くじら》の声だろうか。

井上竜

天才は牢獄にいる

早熟の天才は、同時代の凡庸《ぼんよう》な大衆には宇宙人の思考としか思えないから、空気を読まぬ異物として排除された。

のちに予言者のようだったと懐かしがられるが、まるで死人のように悼《いた》まれている。

当の本人がいまも生きていると叫んでも、もう天才ではない凡庸な大衆なので、その声を聞く者はいない。

引き出し

開けてはいけないと言われた引き出しが気になって仕方がない。

祖母のものだが、中身が何か何度訊《き》いても教えてくれない。

祖母のいないとき、こっそり開けてみることにした。

部屋の入り口のほうを気にしながら、そうっと引いて見下ろすと、引き出しの中から、じっとこちらを見ている子どもと目が合う。

染み

畳の染みは祖母の血だ。若い祖母が潰瘍《かいよう》で吐血したその日、祖父は浮気相手の部屋にいた。両家を巻き込む騒ぎになりつつ、四十年連れ添って昨年祖父が先に逝《い》った。

ちなみに、祖母の方は多少ぼけた程度で元気である。老人ホームでモテモテなんだって。

あ、染みが笑った。

何かいいことあったのかな。

円山まどか

ばあばの絵

娘が、じいじとばあばを描いたと見せにきた。右にじいじ、左にばあば。「この真ん中のは何？」「赤いばあば」「なんだって？」「赤いばあば」。紙面の高さぎりぎりの身の丈で、長細い人型の何か。あ、と娘が声をあげた。「赤いばあば来たよー」。カーテンを開こうとする娘を止めて、抱きしめながら朝を待った。

堀井拓馬

落書きあるいは署名

歴史ある寺の屋根を修復することになり、梯子《はしご》をかけて屋根まで上る途中で、地上からはよく見えない壁の上部に刃物で彫ったような跡を見つける。よく見れば、ただの傷ではなく刻みつけられた金釘《かなくぎ》文字で、それは、自分のフルネームだった。

靴磨き

まずクリーナーで汚れと古いワックスを落とす。次に乳化性クリームで革に栄養を与え、丁寧にブラシをかけて浸透させる。最後にワックスをつま先と踵《かかと》部分に塗り込み、クロスで優しく擦《こす》れば、鏡のように艶々《つやつや》と輝きだす。うまくいくと、その鏡の中で、私は死んだ兄と会える。

岩城裕明

デートに誘う

本居宣長をデートに誘う。国賊と女子の目配せに遇う。話したいけど話題はなくて、脳髄液はキャラメリ、ファンタジーだよ。「本居君は気になる人居る」死者蘇生は山に後一枚、誰だってフェーダウしたくない、轢死猫々パーティーしてるみたい。大夜空、銃口みたい、十二月の路樹、国学者には通じない？

矢部嵩

だるまだぬき

だるま狸《だぬき》は雪を喰うのさ。雪玉ひとつで五匹は釣れる。見てみな、必死に喰いついとるが。脚のないのが子狸で、尻尾もないのが親狸。ボールみたいに転がるもんで、雪をかぶってまっちろだ。よっぽど雪が好きなんだねえ。

円山まどか

雪の声

殴る蹴るのいじめが終わると無視されるようになった。誰とも話ができない。その代わりに雪の声が聞こえるようになった。「おいでよ」とささやく。ある大雪の日、昔の親友が現れた。「君ももうこっちの世界の人間なんだ」。そうだ。僕はいじめから逃げるために自殺したんだ。

一田和樹

迎春

新年の宴《うたげ》は華やかだ。透き通るまで磨かれた骨に活《い》けられた花々を愛《め》でながら、旧年を守った神々の肉を食する。神々の頭蓋骨に漆《うるし》を塗った盃《さかずき》が人々の間で回され、祝の酒が振る舞われる。

今年を司《つかさど》る神は、翌年には自らが卓に上がることを知りつつ、それらを笑って受けている。

ササクラ

明日から二月

九歳になる息子が「明日から二月だよね」としきりに聞いてくる。二月どころか今は五月である。すでに幼いという歳でもないのでキツめに叱った。すると息子はきょとんとした顔で「明日から二月だよね?」と繰り返す。私は腹が立って無視してやった。まったく、もう一度殺してやろうか。

不死

幼くして死んだ僕に、母は不死の薬を与えたらしい。死から目覚めた僕に狂喜した母は、片時も離れようとしない。日に何度も僕を風呂に入れ、蛆《うじ》と腐った血肉を洗ってくれる。僕は流れる肉に宿り、抜けた髪に、落ちた歯に、ふやけた皮膚を食った蟻や魚の裡《うち》に、拡散し、世界へと収束し、なお生きる。

藍内友紀

ヒールはやめて

岩城裕明

「車体とホームの間が広く空いております。ご注意ください」の「間」から手が伸びている。どうにかして引きずり込もうと頑張っているようだが、乗り降りする人たちに踏まれては、すごすごと帰っていく。

神の木の幼い恋

ご神木《しんぼく》に腕を回す。樹齢千年を超える大木なので、当たり前にわたしの腕は幹の半分も抱けない。それでも、いつも必ず、幹の向こうからわたしの手を握ってくれる誰かの温もりが、ある。

ササクラ

菊三の左手

一田和樹

菊三は生まれた時から左利きで手が赤かった。そのせいでいじめられた。奉公先でのいじめに耐えかねた菊三は相手の寝込みを襲って包丁で刺し殺した。何食わぬ顔で寝床に戻ろうとしたら廊下で呼び止められ、手に血がついていると言われた。「左手が赤いのは生まれつきなんでさあ」。

腕の芽

空き地に指が生えているというので友達と見に行くと、本当にちょんと指が生えている。次の日にそれは手首から先になり、その次の日には肘から先になった。掘ってみよう。友達が近づくと、脚を摑《つか》まれた。怖くなって、助けを求める友達の声に耳を塞《ふさ》ぎ帰路を走った。次の日、腕が二本に増えていた。

堀井拓馬

首白菜

この辺りでは、収穫した白菜の中で一番大きなものを「首白菜」と呼び、出荷せず寺へ持っていく。名前の通り、剝《む》くと落ち武者の首が出てくると言われている。漬け物にするとうまいと住職。石の代わりに首を置くのだとか。

首がない

上りエスカレーターで前に立った女性の、鞄についたマスコット人形の首がとれているのに気がついた。糸がほつれて落ちたのか、どこかに引っかけてちぎれてしまったのか。あーあと思って見ていたら、私の視線に気づいたらしい彼女が振り向いて、

「お気遣いなく」

笑顔で言った。

「最初からないんです」

ツイッター

ホテルの廊下で、フラフラと漂う生首を見たので、部屋に戻り、「やべえ、お化け見た!」とつぶやいたら、「部屋にもいるよ」とリプライがきた。

地獄

澤村伊智

薄暗いホテルの廊下を歩いている。誰もいない。向こうから知らない誰かが走ってくるのではないか。今通り過ぎた部屋のドアが開いて誰かが追いかけてくるのではないか。妄想しながら足を進める。履いているスリッパが床を擦る。腕時計を見て私は初めて、もう五百十二年もこうして歩いていることに気付く。

隠蔽《いんぺい》

家の裏にある地獄穴にはよく世話になりました。夜、あそこに子供を置いてくると、子供の中の悪い気が地獄へ吸われ、悪さをしなくなるのです。子供がいい子に近付くたびに、地獄穴から腐臭が噴き上がりました。きっとあれこそが悪い気の臭いだったのでしょう。

論理的な帰結

近所の人たちに変人扱いされてるのは分かっています。この家がいわゆるゴミ屋敷だと思われていることも。何度説明しても理解してもらえません。でもね、私は正気ですよ。仕事は私、家のことは妻、それでずっとやってきたんです。だったら妻が死ねばゴミを捨てないのは当たり前のことじゃないですか。

澤村伊智

羽蟻

家に、大量の羽蟻《はあり》が出るようになった。

妻と共に発生源を探したが、一向にわからない。

ある夜、ふと目を覚ました際、隣で眠る妻の両耳と眼窩《がんか》と口と鼻から、無数の羽蟻が出入りしている様《さま》に気が付いた。

翌日、俺は妻を食事に連れ出し、花束と首飾りをプレゼントした。

帰宅以降、羽蟻は一匹も出ていない。

井上竜

カブトムシ

飼ってたよ。好きだったな。立派だったんだけど死んじゃってさ。すごく嫌だったな。頭取れて胴見たら中空っぽだった。よかれと思って二世の幼虫を親の胴体に入れて首ボンドでくっつけたんだけど、こっからが怖いんだけど一月後に一度開けてみたら中から山程煙草《たばこ》の吸殻が出てきたんだ。記憶違いかね。

矢部嵩

百本目の蜘蛛の足

蜘蛛《くも》の足を百本食べると願いがかなう。男は両親に復讐するため蜘蛛の足を食べ始めた。ひとりぼっちの部屋に足をもがれた蜘蛛の胴体が山積みになる。百本目の足を食べた時、その山がもぞりと動いて襲ってきた。願いはかなった。男は身体中に蜘蛛の胴体を付けた怪物になり両親が死ぬまで養った。

一田和樹

賽《さい》

1が出たら父さんを殺す、2が出たら母さんを殺す、3が出たら父さんも母さんも殺す、4が出たら僕が死ぬ、5が出たら父さんと母さんを殺して僕も死ぬ、6が出たら歯を磨いて寝る。

百壁ネロ

閉じず

クナナンは姉を殺したよ。姉は母さんを殺したよ。母さんは父さんを殺したよ。父さんは不倫をしていたよ。不倫相手はクナナンの家庭教師だよ。家庭教師はクナナンを殺したの？　いいえ。クナナンは姉を殺したよ。姉を殺して、家でひとり、静かに泣いているよ。

岩城裕明

理想郷

藍内友紀

戦場のロボットたちは殺人を禁じられ、片づけを命じられました。
ロボットたちは負傷者を回収し遺体を集め、瓦礫《がれき》を撤去しては新たな建物を築きます。
戦争が終り負傷者も遺体も見当たらない大地でなお、ロボットたちは建造を続けます。
人間の消えた荒野に整然と、町並みが広がり続けます。

案内

エレベーターの調子が悪い。

階数のボタンを押しても、押した階で止まらないのだ。

夜遅く、疲れて帰ってきたときに限って、それは起きる。

今夜も、エレベーターは三階を通過して、屋上で止まった。鉄の扉が開いて、目の前に夜の空が広がる。

このマンションでは、過去五年の間に三人の自殺者が出ている。

入居者

１DKロフトつきの部屋に住んでいる。古いので、廊下はもちろん部屋のあちこちが、なにをしたわけでもないのに軋《きし》む。

ある夜、軋みで目が覚めた。ロフトへ続く梯子を昇っていく素足《すあし》が見えた。

鏡よ鏡

朝、顔を洗おうと洗面所に行くと、鏡が泣いていることがある。鏡面にぷくりと浮いた涙が滴《したた》り、乾いた洗面台に落ちるのだ。二滴も落ちれば何事もなかったように乾いていく。

次に引っ越すときは、鏡も連れて行くつもりだ。

わけあり物件

その部屋では何も起こらない。

しかし壁紙を何度張り替えても、その翌朝には必ず、壁と天井のちょうど際あたりに一つだけ、子どものものらしい靴の跡がついている。

社

四方を家に囲まれた小さな社《やしろ》がある。どうしてこうなったのか。現在、北側の家が空いているという。『参拝している姿を決して見てはいけない。見られてもいけない』というルールさえ守っていただけるのなら格別のお家賃で、とのこと。どの家も社に面する窓は板で塞がれている。

付け火のわけ

神さまを見たのです。水晶の瞳と白鷺《しらさぎ》の腕を持つ、人に似た姿の神さまは、あ、と声を上げたわたくしに、そっと微笑《ほほえ》んでくださったのです。だから、瑠璃《るり》の鱗《うろこ》に覆われた足首に荒縄が打たれているのを見た瞬間、わたくしは彼《か》の神社を討つと心に決めたのです。

願い

父と母が舌を嚙み切って自殺した。ベッドのそばに落ちていた紙切れには「息子には手をださないでください」とだけ書かれていた。

おこづかい

兵庫県明石市の介護付き有料老人ホームで入居者七人が相次いで怪我した事件で、警察に保護されたツトムちゃん（五歳）が「おこづかいが欲しいからやった」と言っていることがわかりました。警察は今後このようなことが起こらないよう、ツトムちゃんにキツく言って聞かせました。

ピクニックの絵

娘が絵を描いたのだと見せてきた。ピクニックに出かけた週末の光景を描いたものらしい。青い空、緑の芝生。妻と僕と娘、それに、公園に居合わせた大勢の人々。なかなか良く描けている。娘以外、全員の首が胴から離れ、上空で笑っていることをのぞけば——。絵は翌日、妻が燃やした。

遊ぼう

生水《なまみず》片手に外で遊ぼう！　今日は楽しい川水浴だよ！　雨が降ってもバスは来ないぞ！　岩場の性質のことなら予《あらかじ》めいっといたじゃないか！　そんなタオルで血が止まるかな？　凍らせないと拾っても無駄じゃない？　声を出す程寄ってくるよ。　水中じゃ人に勝ち目はないぞ。　ほーら来た。　君と遊びたいって！

矢部　嵩

誕生日

かれこれ二十年ほど誕生日でもなんでもない日に、突然電気が消え、蠟燭《ろうそく》の立てられたケーキが登場する。「あの、誕生日じゃないんですけど」と毎回伝えている。「知ってるよお」と皆がケラケラと笑う中、しかたなく蠟燭の火を吹き消す。彼らとは一年に一度その日にしか会わない。

岩城裕明

驚

テッテレ～！　ドッキリでした～！　えービビった家帰ってきたらいきなりバットで頭ぶん殴られてナイフで刺されまくってヤバい殺される！　とか思った？　ドッキリドッキリ、今日お前誕生日だし驚かせようと思ってさー、殺すわけないじゃんなんの理由もないのに！　ほんとおめでとー！　じゃー救急車呼ぶねー。

百壁ネロ

0：20A.M.

ポテトチップスは土のにおいがした。大地そのものを口に入れたかと思った。嚙み砕くと破片ひとつひとつの行方を具体的に感じ取ることができた。

隣ではAが足をばたつかせて笑い転げていた。Bは敬虔《けいけん》な顔でテレビに見入っていた。

「なにこの愛しかない映像……」しばらく三人で涙を流した。腕時計の針はいつまでも〇時二十分のままだった。

あなたの夢を見たら私は死ぬ

あなたの夢を見たら私は死ぬ。夢の中のあなたは決して笑わないし、やさしい言葉も口にしない。黙って私の身体を抱き、首を絞めながら飴《あめ》のようにいやらしい刃で腹部を裂く。口づけもせずに血の海であなたは果て私は死体のまま夢に残される。それでもいい。夢なら死体でもあなたに会える。

一田和樹

夜の新幹線

岩城裕明

通路側の席でウトウトしていると、ガクンと揺れて目が覚めた。目の前に見知らぬ老夫婦がいて、笑顔でこちらを見ている。どうやら誰かが勝手に席を回転させたようだ。隣のおばさんも笑顔でこちらを見ている。気味《きみ》が悪くなり視線を外すと、窓に映った自分も笑顔でこちらを見ていた。

毛玉

仕事の帰途、煙の球にぶつかった。すかすかと密度のないてのひら大の球形で、奇妙なことには、毛の流れがはっきりと存在していた。いわば奥が透けて見えるほど曖昧《あいまい》な輪郭の内に、毛並みの白い条《すじ》が幾本も引かれていた。浮かんでいるようで右から左へ微妙に漂い、そこへ追突したのだった。

それからなぜか不幸が続く、こともなかったが、しばしば冷蔵庫の麦茶がめんつゆになっていたりした。

円山まどか

飢

地震で何かが倒れたらしく扉が開かなくなりユニットバスに閉じ込められてどれだけ経ったかスマホが手元にないので時間わからないけど、空腹をやりすごすためちまちま舐《な》めてたボディーソープとシャンプーが底をつき、今は排水口に絡んだ髪の毛をちょっとずつ取ってゆっくりゆっくり食べてる、美味《びみ》。

百壁ネロ

美食家

藍内友紀

年齢、肌や眼の色、性別の異なる人々の脳を食した王さまは、自分の味が気になった。

名医が集《つど》い、なんとか王さまの前頭葉を一匙だけくり抜いた。

あらゆる脳を食してきた王さまは、けれど自らの脳を見るや、これまでの所業を悔いて塔から身を投げた。

今でもかの国の玉座には、一匙の脳が即《つ》いている。

宴《うたげ》

銀のワゴンに乗せられて、私は料理として運ばれた。

両脇には、私の四肢が立てられている。

刳《く》り貫かれたお腹には、薔薇《ばら》形にされた私の腸が、野菜と一緒に綺麗に盛付けられている。

止血されて局部麻酔を射たれた私には、それらを見ることができている。

でもみんな話に夢中で、誰一人私を見なかった。

ファミレス

「こちらハンバーグセットでございます」

「はい」

「ご注文は以上でお揃いですか」

「はい」

「生きてて幸せですか」

「え？」

「仕事ではミスばかりで交際相手も見つからない人生が楽しいですか」

「は？　ちょっと」

「子供の頃の夢が何一つ実現していない今現在は幸福ですか」

「……」

「ごゆっくりどうぞ」

澤村伊智

噺

坂井くんは四歳のころ知らないおじさんに誘拐《ゆうかい》のち監禁《かんきん》されておじさんがおじさん自身からナイフで削《そ》ぎ落としたいろんな部位の体の肉を潰してぐにぐに丸めたものを二週間ほど無理やり食べさせられ続けたという体験のせいで文字通りそのままの意味でまんじゅうが怖い。

砂の墓標

昔、砂漠のど真ん中で、砂を商《あきな》う盲目の少女に出逢った。幸福になれる砂だ、というので、言い値の倍で一握《いちあく》買い求めた。

数年後、同じ場所には少年が座って「幸運の女神の骨」を売っていた。

わたしはあるだけの骨を全て買い取り、少年の代りにそこに座る。

ササクラ

地面の上

足元も霞《かす》むような豪雨。曇りガラスを覗《のぞ》き込んだような視界の悪さ。道の先に何か落ちている。目を細めるが正体は知れない。バレーボール大の白い影で、墨を上からぶちまけたように上部が黒く染まり、それが流れてアスファルトに広がっている。数歩近づいて、目を離さずに屈む。そしてそれと目が合う。

複眼の女

「彼だけでした。私の胸にある、三対の眼を見ても、嫌悪しなかったのは……」

そう言い終えた女の両頰を涙が伝い、着ている喪服の胸元が、じんわりと濡れて黒みを増した。

井上竜

三つの石

毎朝、我が家の前に石を三つ置いてなにかを唱えるおばあさんがいる。

ある日、母が私に言った。

「毎朝、家の前に石を置いてぶつぶつ言うの止めなさいよ」

私がやっているわけじゃないのに。

翌朝目覚めると母は死んでおり、おばあさんは二度と現れなかった。

一田和樹

三人目

「お顔にタオルを掛けますね」、歯科医は右に助手は左に、三人目の手が足を掴んで、動かないよう押さえてくれる。麻酔は強く掛けて欲しいな、怖いこと何も感じたくない、楽しいことだけ考えるよう、そんなに強く削らなくていいのに。体の力が上手く抜けない。痛いけど三人目が左手を掴んでくれている。

矢部嵩

九つの林檎

井上 竜

ある日、九つの林檎が、段ボールで届いた。

差出人不明だったが、送り先は間違いなく私だったし、入っていたのは、どこからどう見ても無傷の林檎《りんご》だったので、ナイフで皮を剝《む》き、一つ食べてみることにした。

しかし、どの林檎にも、中身がなかった。

私の前には、大量の皮だけが虚しく残った。

後ろ姿

ワンピースの背中に、真っ黒な長い髪をだらりと垂らしたその女が、生きた人間でないことは気配でわかった。

幽霊はどんな顔をしているのか。怖いもの見たさで、彼女の前に回り込み、正面から見てみると、そこにも、長い髪をだらりと垂らした背中があった。

オレオ

髪触れていい？　偽物みたい……お婆ちゃんじゃないみたい。小さい動物か……。……足どこいったの……落とさないでしょ……中央線？　……………オーブンでしょ。…………………………………………………………………なかなか黒焦げにならないね。

妹

嫌がる妹の腕をひき、お化け屋敷に入ると、暗闇の中、口に生温かいものを押し込まれた。ぎゃと叫び、泣きながら母のもとに戻ると、妹がいないことに気がつく。もともと妹などいないと母がいうので、そうだったような気もする。以来、喉の奥から少女の泣き声が聞こえる。

岩城裕明

最

今までこの世に生まれてきたものが余すことなくみんな死んでるってことが一番怖いでしょそりゃ。

トコウゼの箱

近い将来に失くす物があらかじめ収まるという箱を譲ってもらった。中々便利だ。家の鍵が入っていた三日後には家の鍵を、定期券が入っていた一週間後には定期券を、本当に失くした。今、箱には新たな失せ物が収まっている。箱の底からは血が滴り、蓋の隙間から髪が覗いている。中をあらためる度胸はない。

堀井拓馬

橋姫

小さい頃から言われていた。
日が暮れてからこの橋を渡るときは、決して、してはいけないことがある。
酔って歩く帰り道、ああそういえば、こんな夜遅く橋を渡るのは初めてだ。
後ろから呼ばれた気がして、振り返る寸前、祖父の言葉を思い出す。
橋の上で振り向いてはいけないよ。
ついてきてしまうから。

幽霊が居なくなる

女子の幽霊。自殺した先輩。踊り場から動けない、右足が床と同化している。体は透け気味、触れれば柔《やわ》く、スプーンを差すと刮げ、口にすると脂肪の甘み、冷えた肉の旨み、あんなおいしいのかよ、世界一甘い骨をしていた。私達は何度も匙で彼女を、右目、半袖、二度と触れない、手を伸ばせていたもの。

矢部 嵩

れんあい結婚

母の左手の薬指にはまだ、白金《はっきん》の指輪がはめられている。母の美容整形の費用のために、わたしの進学費用のために、と指を一本ずつ重機でうっかり潰してくれた父との、結婚指輪だ。

そういえば父も、最後まで左の薬指だけは守っていた。

This Man

君が知らないところを歩いている時、うまく走れず焦っている時、落ちている時、殺している時、殺されている時、私はそこにいるわけだけれども、一生に一度くらい、こうして珈琲《コーヒー》を勧めることだってあるんだよ。たまには後ろを気にして御覧。気が向けば微笑んでくらいみせるから。

円山まどか

黄の章

Contributors

岩城裕明
井上 竜
織守きょうや
ササクラ
澤村伊智
白井智之
百壁ネロ
堀井拓馬
円山まどか
矢部 嵩

指捨て場

河原で写生中、足首に指で撫《な》でられる感触があって肝を冷やす。そんなことがままある。ここで描くようになってからだ。足下に人でも埋まっているのではと掘ってみれば、やはり、腐りかけの親指が出た。いったいどうしてこんなことがありうる？　まだ肉のついた親指ばかり、四十二本も埋まっているなんて。

警告

父が死に、続いて母が死に、ついに兄まで死んだ。
先に死んだ家族が呼ぶんだよと、近所の人たちが噂している。
葬式の後、一人で自宅に帰った瞬間に、携帯が鳴った。着信画面には、兄の名前。
迷っていると、今度はメールが届いた。これも、兄から。
「その電話には出るな」
電話はまだ鳴っている。

織守きょうや

夜に

雨で駅に居ると揺れる傘が近付いてきた。傘の下には誰も居なくて、目線だけなら高かった。逃げる気はないが追いかけられた。団地の背腸《せわた》を一緒に帰った。あの頃殺した誰か知らない、今の家ならここだよ、今度は刃物と来なよ、雨でも夜でもいい。渡すと鍵は浮き、傘は落ち、片手の誰か、もう帰りなの。

くらやみマンション

都内某所。駅からほどちかいところにある十三階建てのマンション。そこは、日が暮れても一向に明かりがともらない。どの部屋もくらやみに沈んでいる。ただ、人は住んでいるようで、カーテンごしに人影が見える。光源もないのに、くっきりと浮かんでいる。

岩城裕明

不在票

カタンッという物音で目が覚めて、玄関ポストを開けてみると、こんな不在票が入っていた。

☑お届けに参りましたが、ご不在でした
［品名］生もの
［ご連絡欄］ポストに入れさせて頂きました。

どういう訳か、差出人が、先月山に埋めた妻になっていた。そしてポストには、票以外何も入っていなかった。

井上竜

胡蝶《こちょう》の夢

帰ったら、玄関に虫の脚が一本落ちていた。翌日も、その次の日も、仕事に疲れたわたしを労《ねぎら》うように脚が置かれている。ネコの差し入れだろう、とまとめて箱に仕舞った夜、虫になる夢を見た。眼前に迫る牙を見ながら、そういえばネコなど飼っていなかった、と気付くも、もう遅い。

ササクラ

食

隣りに引っ越してきた人からもらった缶詰が味といい食感といいやたら濃い匂いといい明らかにコンビーフじゃないことに気付くんだけどめっちゃ美味《おい》しいのでそのまま全部食べる。

百壁ネロ

お化けのバラネイ

澤村伊智

仰向けに寝るとバラネイが天井にいる。バラネイを見たら憑《と》り殺される。本に書いてあった。だからうつ伏せに寝ている。小4からずっと。妻に打ち明けると、真顔《まがお》でこう返された。「うつ伏せに寝てると、布団の下からククダリが来て、地獄に引きずりこまれるんだってさ」と。それからは横向きに寝ている。

愛し味

堀井拓馬

妻の料理が美味くなった。

なにヲ変えたわケでもナいワ。

妻はいうが、彼女が夜中に起き出して、キッチンで手のこんだ下拵《したごしら》えにいそしんでいるのを私は知っている。

知ラないふりをシてイテよ。

頬を紅くしていう。私だって目をつぶっていたろう。妻が料理のたびに、真紫の謎汁を鼻から垂らしていなければ。

甘い死

鋏《はさみ》を当てると女性器は裂け、解剖された蛙のように菱形に広がる。恋人は恥ずかしそうに顔を隠している。広がった彼女はついに僕を覆い尽くそうとしていた。

円山まどか

ぱなし

岩城裕明

靴下が、いつも片足だけなくなる。せめて両足ともなくなってくれれば気がつかないものを、と思っていたら夢を見た。けんけん。どこから子供たちの声が聞こえた。どうやら『けんけんぱ』をしているようだ。けんけんけんけんけんけんけん。いつまで待っても『ぱ』は聞こえてこなかった。

夢の跡

寝ている時、他人の夢に入れるようになった。行先が鮮明に思い描け、相手が眠ってさえいれば、どこにいる、誰の夢にでも入れるようになった。ある夜、興味本位で死刑囚の夢に入った際、抜け出せなくなってしまった。私はそのまま目覚め、処刑されることになった。立ち会い席では、私が嗤《わら》っていた。

井上竜

朝

ふあーねみーあれ？　昨日まで手の指三本じゃなかったっけ？　なんか寝てる間に増えてない？　って思って台所で二本ざくざく切り落としてからようやくハッとする。

指先

倒壊した塾の下敷きで兄の指だけ目の前にある。幾らもせず青く気付くと黄に濁り、余震で血色が戻り最後には黒くなった。五日後見つかる私と兄と机の下生き延びた僅《わず》かな同輩達、不思議なのは兄が生きていて手は見も知らぬ他人のものだったこと、その日からあの人は私の見知らぬ爪を片手だけしている。

矢部嵩

持ち主がわかるのは一枚だけ

女は今日もまた興奮を抑えきれない様子で、ガラスジャーをさかさまに振り、ざらざらとこぼれ出た爪を数え始める。中に一枚だけ、見事に装飾の施《ほどこ》されたジェルをのせた人差し指の爪が混じっている。

見える人の日常

ああ、霊はね、そういうんじゃないから。白い服なんか着てないし、ていうか人の形してないし。お爺ちゃんの耳から出てきたのは赤い虫みたいので、お父さんの時はちっちゃい猿みたいのだった。死に方で違いがあるみたいだね。毒の場合は虫、刃物は獣。生き埋めはどうなるんだろう、まだ試してないんだ。

澤村伊智

影

昔、影の方が少しだけ先に動く人を見たことがある。

はつかきかく

春を告げる梅の枝に、今年も少女の生首がたわわに九つ。か細い声が物語を囁《ささや》き交わすのは決まって逢魔《おうま》ヶ刻《どき》。可憐な唇が熟《う》れて朽ち土に還る日までの二十日間、私は毎夜、彼女たちの言葉を自分の肌に彫りつけていく。

ササクラ

やまんば

堀井拓馬

高架倒壊により脱線した列車は、民家一棟を押し潰した。回送中だった列車に乗客はなかったものの、運転室で圧死していた遺体の他に、民家の瓦礫《がれき》から粉々の遺体が発見された。住人である八十四歳女性のものとみられる。しかし、なぜ瓦礫の中から左腕だけが二本発見されたのかは未だに不明である。

連鎖

教室に誰もいないので、同級生の机を覗《のぞ》いていると足音が近づいてきた。姿勢を低くとる。女子がきた。ぼくを見た。指を口のまえに立てる。彼女は黙ってうなずき、膝を抱える。もうひとりきた。勝手になにかを察して屈み込む。またくる。連鎖が続く。ぼくらの誰も、これがなんなのかわからずに。

円山まどか

左手

「食事のときは両手を机の上に出しなさい」と父に怒られた。フォークダンスで手を出さなかったらヨリちゃんに泣かれた。そういうとき、僕の左手はちぃちゃんの右手とつながっている。ちぃちゃんの左手には、これまで僕の左手がちぃちゃんのものであることを責めた人たちが、延々とつながっている。

セカンドライフ

元カノが自殺したらしい。まあ、責任を感じないではない。きっと、本命の彼女と結婚するからとおれがフッたせいだ。SNSをのぞくと、自殺当日に投稿があった。

「死ぬまで地獄をみせてやる」

それから一年後のことだ。死んだ元カノのアカウント名が、生まれたばかりの娘の名前に変わっていた。

堀井拓馬

骨籠

肋骨《あばらぼね》の中に少女がいた。骨に指をかけ、こちらをうかがっている。「その子も骨籠《ほねかご》に出来るよ」と店主が言うので購入した。持ち帰り、早速ネットで孕《はら》ませ方や胎児を育てつつ母体だけを骨にする方法を調べる。思っていたよりもたいへんそうだった。鼻唄が聞こえる。籠の中で少女がうたっている。

岩城裕明

浴槽

白井智之

風呂場で妹と遊んでいたら、妹が姿勢を崩してドボンと浴槽に落ちた。あわてて引っ張り出したけれど白目をむいて動かない。とても気味が悪くて一緒に遊ぶのが嫌になった。書斎の父を呼んだら、父は「淫らな真似をするな」と怒って妹をぽかぽか殴った。妹は死んだ。

夜色墨屋

陽が昇る朝、月のある夜、墨屋は窟《いわや》にこもり闇を見続ける。

新月の夜、窟から這い出た墨屋は妻の遺灰をひと舐めし、涙する。闇を溜めこんだ瞳からは漆黒が流れ、墨の涙に溶けた妻との思い出が星屑よろしく瞬《またた》くのだ。

最近、墨に光る思い出と墨屋が流す涙の量が減ってきたらしい。

笑

連休なのでコーヒー傍らにのんびりグロ画像を検索しているとズラッと並んだ検索結果の七番目に至って普通の全員笑顔でお座敷に座ってる家族の集合写真が出てきて謎だなと思ってたんだけどじっと見てるとだんだんこの世で一番グロいものって結局こういうことなのかなと確かに思えてくる。

百壁ネロ

2014.9.13

ファミレスの隣席で殺人を計画している。音楽を止めると一方が毒を推し出した。曰《いわ》く恰好の劇薬、無味無臭、標的宅にもある物らしく、「珈琲《コーヒー》にでも入れてしまえば」聞くだに杜撰《ずさん》だが予行まで考え始め、今の内にとカップを呷《あお》りトイレから戻ると隣席は空だった。自分の席には珈琲が注がれている。

今時のスピリチュアル野郎

旧友が「天災阻止の会を主催してる」と言った。東京に地震が来ないのは自分たちがチャクラを練り上げているからだ、と。頭いい奴ほどハマったら一直線だ。

「じゃあ熊本のやつはどう説明するんだ？」

「あれはね」

旧友は声を潜《ひそ》め、

「君の悪《あ》しき波動のせいだ」

と懐からナイフを取り出した。一直線すぎる。

澤村伊智

声の主は

井上竜

ある日、謎の音声言語データが某動画サイトに投稿された。民間の専門家が調べた結果、声の主は海豹《あざらし》の可能性が高いが、断定は難しいとのこと。以下はその全文である。「ワタシアイニク、テンゴクノカーサン。ハジケルカバンモッテ。ワタシアイタイハヤク、カーサン。カーサン。カーサン。オカーサン」

短歌二選

百壁ネロ

相応の場所でほどよく殺されて
稲川淳二の新ネタになる

あしたから人のにチャレンジしてみよう
猫の目玉は集め飽きたし

死ノート

気分が落ち込んだときに「死にたい」と書いていたノートがいっぱいになった。我ながら負のオーラを感じる。なんとなくパラパラとめくっていたら、一ページだけ、びっしりと書かれた「死にたい」がすべて「死たい」になっていた。

岩城裕明

ネタバレイヤー

首なし死体が見つかるよ
となりの座席から男がささやきかけてくる。この映画を何度観たのか
知れないが、延々と次のシーンのネタバレをしてくる。やめろと注意す
る度胸はない。
女がトラックにひかれるよ
探偵の家が爆発するよ
犯人が頭を撃ち抜かれるよ
女が実は生きてるよ
あんた今晩、焼かれて死ぬよ

堀井拓馬

自由

あなたには今を楽しむ自由がある。もちろん相応の罰は用意してある。

祭

高校の文化祭で「臨死体験五百円！」という看板が出た教室を見つけてほほうと思って入ると中は一面の作り物の花畑であーそういう系かーと若干がっかりしていたら突然大勢の制服男女に囲まれて殴られ蹴られ刺され、おおー本格的じゃん、と満足しつつ臨死に留まれず普通に死ぬ。

百壁ネロ

矢部嵩

待てない

同程度のいじめられ子二人、一人は少し頑張りもう一人は少し頑張った。一人は助かり一人は地獄を見、一人は大学へ行き一人は火達磨になった。一人は結婚し一人は顔面が歪み時が窄《すぼ》み親も死んでついでみたいに本人も死んだ。悲しいね。でももう一人もじき死ぬ。犯人も死ぬ。皆死ぬ。死ぬよ。いいよね。

死化粧

死化粧は看護師のふたりひと組で行う。ひとりが遺体を清め整え、ひとりは寄り添い淫語《いんご》を囁く。髭を剃り、遺体を撫でては小声で喘《あえ》ぐ。たっぷり九十分の行為の後《のち》、死者はつやつやと光のほうへ向かうのである。

円山まどか

訃《ふ》報《ほう》

○○が去る×月×日に永眠致しました。
生前のご厚誼《こうぎ》に感謝し、謹《つつし》んでご通知申し上げます。
尚《なお》告別式は、左記の通り執《と》り行います。

○○に書かれていたのは私の名前だった。喪服を持っていない私は友人に貸してくれるよう連絡を取った。彼は不参とのことだったので、問題なく借りることができた。

死

ボケなのかそういう宗教なのかはわからないけど「人は死んだらジャムになる」が口癖だった祖母が亡くなったので骨壺を我が家の食品棚の食パンの隣に置いている。

百壁ネロ

遺書

僕が家を出たその日に、母は首を吊った。

息子を、自分がいなければ何もできない子どもだと思い込むことで、かろうじて心を保っていた母だった。

食卓の上に、僕宛の遺書があった。最後のメッセージ。恨み言だとしても、受け止めなければ。

中を見た。

母の字で、

「迎えに来るからね」

とだけ書いてあった。

兄弟の電話

もしもし。は？　おかんが死んだ？　あのな兄ちゃん。おかんはとっくに死んでるよ。もう十年も前や。覚えてへんの？　いやだからな、それはたぶん幻覚やで。少なくともおかんとちゃう。霊？　かもしらんな。化けて出るんやったら俺やなくて兄ちゃんのとこやろし。最後に首絞めたん、兄ちゃんやからな。

澤村伊智

廊下にて

織守きょうや

「お母さん、トイレ……」

母はむくりと起きあがった。

まだ半分目を閉じたままで、先に立って暗い廊下を歩いてくれる。

「起こしてごめんね」

……うん
「怒ってない？」

……うん
「明日から、ちゃんと寝る前にトイレ行くから」

……うん
「お母さん」

……

「お母さん？」

……

「お母さんだよね？」

……ううん。

約束

「イヌをかいたい」とママにいったら、「小学校にはいってからね」といわれた。

小学校にはいったら「もう、けーたがいるでしょ」とママはベビーベッドの赤ちゃんをゆびさした。

イヌのためにくさむしりをしていた庭で、くろいイヌが「たべてあげようか？」としっぽをふる。

ササクラ

蛾の音

澤村伊智

部屋の壁に黄色い蛾《が》が止まっていた。チラシでそっと摑んで一気に握り潰し、ゴミ箱に突っ込んだ。ホッとして仕事に戻ると、ガサガサと音がする。ゴミ箱の中。まだ生きていたらしい。ゴソゴソ。忘れた頃にまた鳴る。ガサガサ。夜になっても朝になっても、ゴミ箱を空にしても。それが二年続いている。

改装

家の改装。塗装の足場が組まれ、カーテンの裏にいつも誰かいる。日が短いので忙しそうだ。男性の影、老人に女性、子供の跫《あしおと》は流石に悪戯か、何故皆そんなに笑ってるのか。外から見やると誰もないのに家に入るとガラスが掻《か》かれ、翌月改装が終わってもそれらは家の周囲に残った。壁は新品、窓に腕、腕、

矢部嵩

帰り路

岩城裕明

社員通用口／耳鼻咽喉科／新台入荷／ガードレール／傘束／手首／24H／ブリヂストン自転車／高架下の公園／あふれたゴミ箱／赤子が半分／事故多し！／心を込めて仕度中／黒い猫／区保護樹／外灯女／暖簾《のれん》に鮨／踏切／スイミングスクール／自販機売切ふたつ／鳩の首／あふれた郵便受け／祖母の錆びた顔

もたもた

生地に引っかけてしまったようで、靴下の中で薬指の爪が剝《は》がれかかる。下手《へた》に引きぬくと、思いきり持ってゆかれそうである。友人たちは待ってくれる気配もない。自分を置いて楽しそうなほうへどんどん行ってしまう。祭りはとうにはじまっている。

円山まどか

終末まで

細腕を天にかざして『空を支える少女』の像が一人きりで立っている。ある日老婆が、天国の底を抜こうと少女をぶった。「孫の体が燃えてしまう前に」と老婆は木の枝で少女を打つ。枝が箒《ほうき》になり金属棒になり、鉈《なた》になった。

少女の腕に小さな亀裂が走り、飛行機雲が少しばかり低いところを薙《な》いだ。

指裂き怪談

堀井拓馬

「そりゃステバシルベのせいだ。こんな花が近くにあるから抜きんさい。それでこの種を、別んとこに蒔《ま》きんさい」

そのとおりにすると、例の感触は消えた。これで写生に集中できる。

対岸に蒔いた種が同じ花を咲かせたので、近くを掘ってみた。

出た。四十二本の親指。

ステバシルベ。指裂き花ともいうらしい。

赤の章

Contributors

岩城裕明
井上 竜
織守きょうや
最東対地
ササクラ
澤村伊智
白井智之
百壁ネロ
堀井拓馬
円山まどか
矢部 嵩

笑み

スーパーの袋が舞っている。ゆらりとつむじ風に乗り、ふわりと上昇したあと、パシャと張りつく。何もない空間に、袋は一瞬顔らしきものを浮かべ、するりと飛んでいった。

岩城裕明

断絶

男はすっかりやつれてしまった。

死んだ妻が毎晩、枕元に立つのだと言う。

すまなかった、赦《ゆる》してくれと、うわごとのように繰り返す彼を心配し、霊感の強い友人が泊まり込むことになった。

果たして、妻は確かに、男の枕元にいる。

そして、男の謝罪に対し、赦しますと答えている。

男には聞こえないようだ。

不敬の咎《とが》

旅行先の神社をスマートフォンで撮影したら、一枚だけが白黒だった。

帰宅して祖母に見せると、悲しそうに寂しそうに「七日のうちに、お詫びに行きなさいね」と言う。「お叱りは私が受けておくから」と。

翌日、祖母は布団の中で冷たくなっていた。

ぺらぺらさん

息子がリビングに入りたがらない。
ぺらぺらさんがいるからいやだと。
ぺらぺらさんは人をさらうらしい。
どこにいると問うと冷蔵庫の裏にと答える。
暗がりを覗く。何もいない。
いないぞと振り返るが息子が消えている。
警察に電話するが通じない。
外に出るが誰もいない。
向こうから細い影が近寄ってくる。

堀井拓馬

見えるホラー作家の話

澤村伊智

こんなに子供嫌いの世の中でアンファンテリブルっていうか邪悪な子供を書く気にはならないよ、たとえ作り話でも子供を忌避《きひ》することを正当化するようなものはさ。先輩ホラー作家のAさんは堂々と言う。偉いなあ真面目だなあと思いながら、わたしはAさんの足にすがりつく三人の崩れた嬰児《えいじ》を眺めている。

マンホール

学校の帰り道に半分開きかけたマンホールがあった。下水道に続いているとくらいは知っているけど、実際に入ったこともないし入ってみたかった。

友達と協力してマンホールのふたを開ける。中には、一緒にマンホールを開けた友達がいてぼくを見上げていた。

緑の底

円山まどか

ダムの水は濁っていた。足元のこの場所で以前暮らした。動くものがあるので目を凝《こ》らすと、十二歳の私である。となりは十四歳の宮本だ。宮本はこの年の暮れ肺炎で死ぬ。「手を」思わず声をかけようとしてやめた。ふたりは手のひらひとつぶんの距離でならんでいる。緑色に濁ったダムの底で、いまはまだ楽しかった時間をいつまでもならんで歩いている。

どうしてそんなところで歌っているの

授業で四肢を切断したよ、手足が体じゃなくなるんだよ。これから君にいえることが増える、明日もう少しましな言葉が話せる。足を見るなよ！それはおれじゃないよ！いつもと同じ廊下での囁き、どきどきするような違う方法での癒着。血が痛い。下手糞だろ。授業のすることだよ。昨日切断をしたんだよ。

矢部嵩

言

学校行ったらクラス全員まったく理解できないモニャモニャウデウデウデみたいな言語を喋ってたので「えっなに言ってんの?」って言ったらクラス全員が「えっなに言ってんの?」って顔でいっせいに僕を見る。

鶴の手

人を折り鶴とする鬼について、私がうまく想像できずにいると、「特別だよ」と祖母が左手を袖から出して見せてくれた。祖母の指は複雑に編まれ捻《ねじ》れていた。言われてみれば、なるほど、鶴に見えなくもない。中等学校にあがると、同じような手をした娘がおり、ひどくいじめられていた。

岩城裕明

飛び降り

脱いだ靴はちゃんと揃えなさいと言い聞かせてましたから。そうですか、ちゃんと揃えてましたか。ずっと不思議だったんです。どうして自殺をする時に靴を脱ぐのか。娘のおかげで謎が解けました。帰るからなんですね。ええ、もちろん。ちゃんと帰ってきてますよ。ほら、足音。

帰宅

学校から帰るとよく、玄関に黒いパンプスがそろえて脱いである。わたしは、家を出た母が帰ってきたのかと探し回り、けれど母の姿はなく、パンプスもいつの間にか消えている。

それを話すと父は、帰ってくるはずがないのだと半狂乱で、わたしを殴る。

雨傘

雨の日に同じ女と幾度かすれちがった。子を抱いていたが、会うたびに女だけが老いていった。最後に会ったとき女は傘も差さずに裸足《はだし》の脚をひきずっていた。傘を差しだすと、涙を浮かべて拝むようにする。なんと志のない、卑屈な女だと思った。

助

いやーさすがにないよなーと某テレビ局の動画配信サービスで耳宮カズコのおたすけキッチンのアーカイブを漁《あさ》ってたら「人体の醤油漬け」という完全ドンピシャな回を見つけてさすが長寿料理番組っと心底感謝しつつさっそく再生する僕の足元には先程バラバラにしちゃった妻の亡骸《なきがら》が転がっている。

百壁ネロ

桜の木の下には

人を殺してしまったと、十年会っていない弟から電話があった。駆けつけた私に弟は、死体を埋めるのを手伝ってくれと言う。悩んだ末、私は桜の木の根元に穴を掘った。なるべく顔は見ないようにした。

何も訊けずに別れて一週間後、警察から連絡があり、桜の下から弟の遺体が発見されたと、私に告げた。

織守きょうや

監視カメラ

井上竜

最近、急速に衰弱しつつある飼犬の観察の為、自宅に監視カメラを設置した。

職場先からスマホにて、ネット接続した部屋の様子を見たその瞬間、私はぎょっと目を剝《む》いた。

姿見には、両目の吊り上った私が映っていた。

飼犬は、その私に吠え続けていた。

まもなく飼犬は死に、私はカメラを永久に捨て去った。

尾弔い

尻尾《しっぽ》の短い猫が多い地域として、母の故郷が紹介されていた。当の母はしかめ面だ。曰《いわ》く、家長が亡くなるとその柩《ひつぎ》に飼い猫の尾を切って入れる習慣があったという。夜目《よめ》の利く猫が冥土《めいど》への道を先導してくれるそうだ。

化ケモノ

雲の形がはっきりわかるような明るい夜には月がみっつある。パチンコで狙い、ひとつ撃つ。狸が逃げる。もうひとつ撃つ。狐が逃げる。最後のひとつも撃つ。すると、あたりは暗闇に包まれる。何も見えない。首筋になまぐさい息とうなり声。

岩城裕明

昔

むかしむかしあるところに、誰もおらず、何もなく、何も起きず、誰も訪れず、誰も観測せず、死ぬものもなく、生まれるものもなく、ただ時間だけが流れ続け、朽ちることもなく、変わることもなく、ただ何もない空間が、何もないまま、永遠にそこに存在し続けていました。

星の原

昔、星のひとしずくを拾った。青白く揺らぐ欠片《かけら》は手の骨を凍らせ、わたしの肘から先は砕けて落ちた。

星はけらけらと笑って黄金の焔《ほのお》となり、わたしの凍った腕で船を造り、空へと還っていった。

今でもわたしは、空で明々と瞬《また》くあの星の笑い声を聞くことができる。

三十年以上繰り返し見ている夢

夕方の草っ原。片方の手に俵ほどの太さの縄を、もう片方の手には針を握り締めている。はるか遠くで母さんが、針に糸を通す仕草《しぐさ》をしてみせる。無理だって、と何度叫んでも母さんは同じ動きを繰り返し、僕は泣きながら縄を針穴に通そうと試みる。やっぱり無理だ。途端に母さんが大きな蛙に呑み込まれる。

澤村伊智

裂け目

朝起きて背中がすうすうするなと思ったら、パジャマの後ろが大きく裂けていた。
寝ている間にどこかにひっかけたのか、生地が劣化して擦り切れたのかもしれない。
着替えてパジャマをゴミ袋に放り込み、ベッドメイクをしようと掛布団をめくった。
シーツとマットレスが、ぱっくりと縦に裂けていた。

織守きょうや

わぎり

友人宅で朝食。
バナナを剝くと、実が床に散らばった。
なんだ？　細かく輪切りになっている。
ゆで卵を剝くと、やはり殻の内側だけ輪切りに。
何の冗談だと友人を振り返る。
「頭たまたまのののう脳脳」
ぶるっと頭を震わせて、鼻から口から血を噴き出し友人は倒れた。
何が起きたのかは考えないことにした。

堀井拓馬

未練

岩城裕明

横断歩道の真ん中に手袋が落ちている。かれこれひと月ほどになる。拾おうとした者もいたが、不思議と地面に引っついて離れず、皆あきらめて去っていく。注意深い者は、手袋が白線をつかんでいることに気がつき、以後、この横断歩道を避けるようになる。

バスに乗る

屋根の上にある死体。歩いて通ると角度で見えない。バスでタイヤに座ると目が合う。ゾロ目の男が仰向けに寝そべっている。周囲は畑、看板で発見されない、バスで高めに座ると目が合う、青い屋根に腹の出た赤い轢死体が浮かんでいる。席はいつでもよく空いていた、拡張工事で巡路が変わってしまった。

矢部嵩

川崎工場街

産業道路の北の端では、溶鉱炉が口をあけている。湿気を帯びた工場街で、食堂をかねた個人経営のホテルが唯一の商業施設である。ホテルの窓から、今日もだれかが飛び降りる。鉄のにおいが空気に混じり、だれもそれには気づかない。工員が寮へ引き上げる頃には、遺体はどこかへ消えている。

円山まどか

生産管理部主任山口孝裕

「画期的な生産管理を思いついた！」と鼻息荒いこの主任、数年前に事故で死んでいる。

「いまＡＩでやってるので」と応じると肩を落として消える、どころかずっといる。辛気《しんき》くさいので説得に娘さんを招いたところ、

「もう父さんの時代じゃないのよ！」と盛大に言葉を間違え、主任はいまだに現場の隅で生産管理を模索している。

口寄せ

イタコを自称する老婆が近所に越してきた。戯《たわむ》れに同僚を呼んでもらったところ、「あと一週間で逢えたのに」とおいおい泣く。あまりに泣くので同僚が生きていることを伝え損《そこ》ねた。

翌日その同僚が事故死した。同僚に臨月の妻があることは、葬式で知った。

肉

近所にできた小さなレストランにはいつも客がいない。

そんなに不味《まず》いのか、それとも場所の問題か。好奇心に負け、おもいきって入ってみた。メニューには『肉……百二十円 ※おかわり自由』とだけ書かれていた。

珈琲だけ飲んで、帰った。

知恵袋

私は、ラーメンを食べたいのですが、ずっと、ついてきて、ひじきの妖精と名乗っていますが、坊主の、大柄な男で、走ります。不良に、煙草の灰をかけられますし、妖精は、私の横で、鉄の塊になっていて、ひじきは鉄分が豊富なので、なれるのだと思います。私は、いつラーメンを食べられるのでしょう。

円山まどか

普通でない趣味

妊婦のお腹をボールペンで刺したくなるんだ、と酒の席で同僚が言った。性的に興奮するわけではなく臍《へそ》は避けたいと言いスイカで試しても満足しないらしい。俺は異常だろうか、と訊いてくるので「どうかな」とお茶を濁すと、彼はしばらく考えてからこう言った。「やっぱ普通は箸で刺したくなるよなあ」

澤村伊智

合コン

良い合コンだ。全員が全員に好印象を持ち、平和に盛り上がっている。
その横で君は血を浴びた服を処理している。捨てる前に血を落とすべきだと思う。血の染み抜きは大根おろしで叩くと良い。なんと一人の重複もなくカップルが成立する。会はもうすぐ終わる。君は死体をどこに隠したのか思い出せないでいる。

円山まどか

無人

やってきたタクシーを停めようと手をあげて、慌てて下ろす。客だけではなく運転手も乗っていない、空のタクシーが目の前を通りすぎていった。

恩返し

帰路でガムを踏んだ。縁石に靴底を擦り付けながら帰宅する。

翌日は金属音を踏んだ。靴底にはみっちりと画鋲《がびょう》が刺さっていた。

その次の晩、目を凝らしつつ帰路につけば、薄汚れたクマのキーホルダーが落ちていた。

それを道の脇に除《よ》けて以来、靴底はきれいなままだ。

粘着ロマンス

堀井拓馬

もしもし俺。あれ、まだ外？　こんな夜中までどこ行ってたの？
は？　俺は俺だよ。名前？　言ったって君は知らないよ。
あ、ちょっと待って。しー静かに。気づかれちゃうから……
……あー君のうなじ、すごく良い匂い。
ふりむかないで、そのまま。
埋まってたいよずっと埋まっていたい君のうなじの香りにふふふ。

踏切

岩城裕明

向かい側にいる女性の頭が見当たらない。え、と驚いていたら遮断機が下りてしまった。そこで、赤色灯のそばに顔を見つける。カンカンという音に合わせ、照らされては消えている。つく、消える、つく、消える、つく、こちらを見ている。轟音と共に電車が通り過ぎると、顔はなくなっており、体はまだある。

内と外

変な女に悩まされている。
隠れてないで出てきなさいよう。
玄関のすぐ外で、夜中にずっとそう呻《うめ》いている。
身に覚えがないので無視していると、何日かして姿を消した。
隠れてないで出てきなさいよう。
しばらくしてこんどは、押入れの内側から声がする。

堀井拓馬

覗く女

高層階の自宅にて。毎夜午前二時からの一分間、カーテン下の狭い窓越しに、ベランダからじっと室内を覗き見る、ギョロ目女に気が付いた。ある日俺は、ベランダにカメラを仕掛けた。二時の箇所を再生すると、カーテン下の狭い窓越しに、室内からじっとベランダを覗き見る、同じギョロ目女が映っていた。

井上竜

彼が夢

毎晩、彼が夢に出るようになった。彼は私を罵《ののし》り、殴り、現実の私は急速に痩《や》せ衰えた。

「もうやめて。死ぬ」私は言った。

「だったら考えろよ」彼は嗤《わら》った。

必死で考えた結果、私は翌夜から、彼と一緒に、君を罵り、殴り始めた。

現実の私は急速に回復したどころか、以前よりも、すこぶる健康体となった。

井上竜

耳をすませば

夜中、どこからかコソコソと声がした。

痛い痛いうぎぎ折れる折れるぱきぱきもっとそっち行けよつぶれるう
ぎょぎょぷちぷち――

ゾッとして布団を頭までかぶる。まだ聞こえる。震えて夜を越した。

朝、布団を片そうと枕を持ち上げると、中からザラザラ、やけに脚の長い甲虫の死骸が大量にこぼれてきた。

堀井拓馬

卵

寝ぼけながら卵かけごはんだって思ってぼーっと食べたんだけどもしかしたらあれ卵じゃなかったかも知れない、なんか食卓の上で頭砕けて死んでるし、猫。

百壁ネロ

煙

楠本くんは「着物姿で煙草を吸う老婆を見かけたら五秒以内に撲殺すると幸せになれる」という自分ルールを十三歳の頃から心の中に設けているが三十四歳現在そのような老婆をまだ見かけていないので最近の土日はもっぱら焦燥感を抱えながら都内のあらゆる喫煙所をうろついて過ごしている。

百壁ネロ

孤独

わたくしたちは、ほどよく熟れた人の死肉を喰らって生きている。わたくしたちは人に狩られる存在だ。わたくしたちはとても人に似ているので、人だと勘違いして愛する人も出る。わたくしに喰われたいと願って、自ら喉を掻き切る人も、いた。わたくしも、自分が人だと勘違いすることがある。

蜜蜂

恋人の頭がH鋼に潰されてから花柄のもの皆彼女に見えます。彼女の顔は覚えてるけど無頭の彼女とそれ以外のものと区別がつかぬ。カバーもラグも棚も好きだよ嫌いなものはピクルスとぶなしめじ、写真の中の笑顔の彼女と取り囲む無数の彼女、彼女。天井と壁は彼女の仕事です。一体何に見えてたのかな。

矢部嵩

七夕

岩城裕明

これまでに目にした不思議な短冊をいくつかご紹介する。

「彼らを殺させないでちょうだい」

「先生の頭がもどりますように」

「結婚か事故死で」

「おかあさんをひとつにしてください」

「氏名・病病病病」

最後のものは竹藪の中、一枚だけぶらさがっていた。

扇風機

子供の頃。うちは貧乏でクーラーがなかった。あるのはガタガタと震えながら首を振る、壊れかけた扇風機が一台。

夏のとある日、風に当たっていると扇風機から風に乗って「明後日、家をでるな」と聞こえた気がした。その気もないのででなかったけど、父さんがその日、列車に轢《ひ》かれて死んだ。

狐

小学生んときこっくりさんやって怖いもの知らずっていうかなんていうか「僕はいつ死にますか」って訊いたんだけどそしたら「十一月」って言われてなんで月で言うんだこっくりさんって感じだけど、で、だから俺十一月以外死なないんだよね絶対、で今八月だし刺していいよほら、ヘイヘイヘイ。

うすまがさん

まず怪談を百二十三集める。
多い？　短いのでいい。
一度にそれを読む。
ペパーミントのアロマを焚《た》くと成功しやすいって。
読み終わったらソレを呼んで願いを言う。
うすまがさん、お願いします。浮気な彼が脳みそ輪切りになって死にますよーに。
でも気をつけて。気まぐれに呪いは自分に返ってくりゅかぱきょ

堀井拓馬

お盆の夜、幼い姉妹の会話

姉ちゃん起きてる？　トイレから音するやろ。お祖母ちゃんゲロ吐いてるみたい。何でって、声で分かるやん。ほら、な？　しんどそうにしてるわ、ヒーヒー言うて。お祖母ちゃん死んでもうだいぶ経つのにな。ゲロ吐きに帰って来るんかな。何とかでけへんかな。可哀想やわ。姉ちゃんお願い、助けたって。

澤村伊智

脱皮

「人間も脱皮できるよ」

嘘だ、と僕が言うと、姉は実際にしてみせてくれた。

摑んだ顎の皮を、ギッ、ギッ、と捲《めく》り剝《は》いで、理科室の人体模型みたいな顔になった。

「ね？」

「……それ、僕もいつかしなきゃなの？」

文字通り剝き出しの眼で、じっと姉は僕を見た。

「嫌なら、できないふりをし続けなさい。絶対に」

井上竜

きれいなママに

パパがママをおふろにしずめた。まえにパパが、サナギになればイモムシだってきれいなチョウチョになるっておしえてくれたのをおもいだして、ぼくはおふろにふたをしてまつことにした。カレンダーをにかいめくったころ、ぼこんぼこん、とママがねむたそうにあくびをするおとがきこえだした。

お母さんです

団地に住んでいた頃の話。隣の十歳くらいの子供が困った顔で「宿題がわからないから教えてほしい」と訪ねてきた。かわいいところもあるもんだと教えていると、救急車のサイレンが聞こえてきた。子供は無表情で問題を解きながら、言った。

最東対地

ぬか喜び

救急車のサイレンにはっとした。散歩に行った祖父が帰ってこない。最近、痴呆症老人の失踪《しっそう》事件が増えている。探しに行こうかと思ったとき、ただいまと声がして、父が、祖父と一緒に帰ってきた。迷っていたのを見つけたか、帰り一緒になったのか。安堵して玄関へ向かう後ろから、母の舌打ちが聞こえた。

この人を探しています

写真はたいてい笑顔である。名前があり、身長や体格、特徴、失踪した時に着ていた服装などがある。連絡先が書いてある。ささいな情報でよいという。ほとんどの貼り紙はずっとあり、色褪《いろあ》せている。見つかることはそうそうないのだろう。少なくとも私は見つからなかった。

岩城裕明

介護オブザデッド

澤村伊智

トイレのドアを開けると全裸で糞便まみれの母が「ううう、ごめんなさい」と泣きながら私に手を伸ばす。咄嗟《とっさ》にドアを閉めると私は便座に腰を下ろして籠城を再開した。こんな薄い壁とドアでも意外と廊下の気配は分からないものだし母も生前より大人しい。さて水だけで私は何日持つだろう。

ブレーカー

帰宅して、家中の電気がつかないのを不思議に思い、分電盤のボックスを開けてみたところ、リミッターにもメインブレーカーにも、長い黒髪が何重にも巻きついていた。

ぞっとした後、怒りがこみあげる。

悪戯《いたずら》の犯人を見つけ出してやると意地でＤＮＡ鑑定にかけたところ、私自身の髪であることが判明した。

織守きょうや

カペッリーニと呼ぶにせよ

堀井拓馬

げ。パスタを食べていたら口に髪の毛の感触。
彼女には黙っておこう。
指摘したところで意味はない。
気づかれないようこっそりつまんで引っ張り出す。
するすると口の外へ——長い。
まだ出てくる。しかも白髪だ。するする、するする——
「こないだ、おばあちゃん死んだの」
彼女が肩を震わせて笑っている。

古いアルバム

どの写真も両手で顔を隠している。祖母の妹だという。

岩城裕明

一人減る

その屋敷には神様が住み、願いを叶えてくれるという。

家族全員で屋敷を訪ね、願いを告げると、いいだろう、そのかわり一人置いていけと、老婆の声がした。

恐ろしくなり、逃げ出しながら、一人、二人、子どもの数を数える。全員いる、と安堵して、出て行く直前、三和土《たたき》にぞうりが一足多いことに気づく。

倖《しあわ》せ

ふたりきりの兄妹だったから、幼いころは一枚の毛布の中でお互いの左手の親指を握り合って眠っていた。

兄は上京し就職し結婚し子供をもうけ、わたしは父の子を産み両親を殺《あや》め刑務所で何人もの囚人と枕を並べ、それでもお互いに毎夜、お互いの親指を握って眠りに就く。

テーブルを拭く

ふきん裏返し。大量のペーパー。ちらしに古新聞。おが屑と猫の砂。箒《ほうき》、ちりとり、ガムテープ、ブルーシート、僅かな憧れ重曹とレモン、夢の諦め、スプーンと鋸歯《のこぎりば》。高い部屋、まとまった時間、一人の時間、何もしないで終わっていた一日。全て終えたら町まで出よう。今日の午後には気球がやって来た。

矢部嵩

ジャイアントベイビー

環状道路で思わぬ渋滞にハマった。ラジオでこの先二十キロ渋滞は続くと言っている。先頭で大きな事故があったそうだ。たまにしか動かない車に苛立ちを募らせ、ハンドルに両肘を載せた。目の前の十トントラックの荷台に巨大な赤ん坊が乗っていて、俺を見ている。ラジオから「パパ」と呼ばれた。

某観光地にて

ふらりと入った店は乾物屋らしいがそこかしこに大小の瓶がびっしり並びラッキョウが漬けられている。こっちは甘酢漬けあっちは醤油漬け向こうは塩漬け。「いらっしゃい」と老婆が奥から出てきた瞬間、店中のラッキョウが一斉にうねうねと震え出し瓶がカタカタと鳴った。

澤村伊智

美術展

視線を感じた気がして振り向くと、絵画の美女と目が合った。

額の中から、椅子に座った女性がこちらを見ている。

近づいて壁に貼られた解説を読むと、タイトルは「眠れる美女」。夭《よう》折《せっ》した画家の作品で、椅子でうたたねする妻を描いたものだという。

改めて絵を見ると、もちろん、美女の目は閉じている。

織守きょうや

文学フリマ東京

白井智之

会場を見渡してみてください。ここにどれだけのうんこがあるか分かりますか？　東京会場の来場者数を３５００人、日本人の１日あたりの排泄量を２２０ｇとすると、腸の中にあるうんこの総量は７７０kgです。どうせなら１０００kgまで行きたいですよね？　だから私たちは、毎回ここで美味しいカレーを作っています。

薄禍企画

薄闇に泳ぐひとひらずつを、その者たちは縫い合わせていく。禍《わざわい》は金の糸で、死は銀糸で連ね、最後に悲しみを溶かした水ですすぐと一枚の布となる。企《くわだ》てでは、それを隣国の王に贈り災厄をもたらすのだという。画策は成功し隣国が陥《お》ちたにもかかわらず、その者たちはまだ布を織り続けている。

ノック

某ホテルでの話。夜中にドアノブがガチャガチャと鳴り、目が覚めた。少し悩んだが、フロントに電話したところ「今から確認に参ります。その際、ノックを三回いたします。もし他の回数だった場合は、お出にならないでください」と不思議なことを言う。しばらくしてノックがあった。二回だった。

岩城裕明

今日は朝から夜だった

堀井拓馬

目が覚めると、物音ひとつしない暗闇にいた。

両手足を縛られ寝かされている。

裸の腹を何かが這《は》う。悲鳴をあげたが、何も聞こえない。

腹の上のそれが、文字を綴る指だと気づく。

「メヌヌキマシタ○ミミツブシマシタ○」

指が語る。

なぜ。そう叫んだ。

「タワムレ」

指が答えた。

「ツギオナカヒラキマス○」

せめてもの

その罪人には盲目の娘がおり、泣きながらとりすがる彼女から父親を引きはがすのは辛い仕事だった。

少女があまりに泣くので役人は哀れに思い、彼女が抱いてはなさない父親の腕だけはその場に残してやった。

星の声

隻腕《せきわん》の男が船に乗っていた。どんな嵐の夜でも方角を見失わない男で、船長にとても重宝されていた。「星の声がきこえるんだ」と嘯《うそぶ》いていた隻腕の男は、けれど星が隠れた昼に遭難し、それきり還ってこなかった。

缶詰

遭難して食糧も底をつき、たどりついた山小屋に一人でいる。隅に積まれた木箱の中に、錆《さび》の浮いた缶詰を見つけ、藁《わら》にもすがる思いで開けてみると、

中には、かたく乾いた指が詰まっている。

ハンバーグおいしいだろ

赤くなるようなことはないだろ。楽をしないでナイフを持てよ。口の中ではそんなものだろ。あの春の曲は一体何てったっけ？　味しない程ソースかけろよ、本当におれが悪かったのか。悪魔もお前は憎まないのか。何度見たって地面だぞそこ。なあハンバーグ切ってみろよ。血っていうのはこういうのだろ？

矢部嵩

青の章

Contributors

岩城裕明
一田和樹
井上 竜
織守きょうや
ササクラ
白井智之
百壁ネロ
堀井拓馬
円山まどか
ゆずはらとしゆき

さがしもの

ふわふわとしたスカートの裾から頭の大きさばかりが目立つ胎児が垂れている。その小さな体を踏みながら、彼女はホームを往き来する。彼女はいつも、雑踏の誰かに手を伸ばしかけて、やめる。

胎児はそんな彼女を見詰めている、睨んでいる、見守っている。

琉金

成人式が終わると、代々我が家の長子は目の中に金魚を飼うのだと言われた。儀式が始まり、父の眼球の琉金《りゆうきん》が僕の目に移された。外からは見てもわからないが、視界を真っ赤な琉金が泳いでいる。冥界《めいかい》の使いである琉金が僕に死をささやくと視界の中で人が死ぬ。

一田和樹

あれ見の儀

トイレに入って、内側から扉をノックしては、いけません。鏡に向かって、いないいないバアをしては、いけません。押入れの中から、自分の部屋を覗いては、いけません。

浴槽の湯にもぐり、天井を見上げては、いけません。

いまうしろをふりかえってはいけません。

寿

四歳になる田所公太くんはテレビで見た寿司職人に憧れて今日も公園で泥のシャリを握っては二歳の妹の口の中にふるまっている。

百壁ネロ

夕暮れ

岩城裕明

午睡をしていたら、耳元でダン！　と音がして飛び起きた。何か落ちたのかと辺りを見回したが、とくに変わったところはない。遠くの方でひぐらしが鳴いている。なんだ、気のせいかと再び横になると、部屋の中で唯一動いていた扇風機が、一回、二回、と首を振って、そのままねじ切れた。

目玉

歯磨きの途中、洗面台の排水口から、目玉が覗いていることに気が付いた。ぼくはキッチンへ移動すると、熱した電気ケトルを持って洗面台に戻り、排水口に熱湯を注ぎ込んだ。「ぎゃっ」という声が聞こえたが、それはぼくの口から出たものだった。世界の半分が、一瞬で白く煮え立った。

井上竜

趣味の部屋

立ち入らないよう言われていたその部屋には、女性もののブーツが何足も、壁に沿って並べられていた。

フェチってやつか。共感はできないが、理解はできる。壁際に近づき、ずらりと並ぶ、サイズもデザインもばらばらのブーツ。ブーツの中には足が入ったまき、何気《なにげ》なく一足を見下ろして気がついた。ブーツの中には足が入ったままだった。

独身アパートゆるみ荘

部屋の壁の螺子《ねじ》が緩《ゆる》むので締め直すのだが、翌日にはまた緩む。放置したら抜け落ちたので、穴を覗き込んだら睡魔に襲われた。目を覚ますと螺子は元通り填《は》まっていて、以来、もう緩むことはない。

だが、そもそも何を留めるための螺子なのかと思いつつ眠ると腰から下が動かない。睾丸と陰茎も捻《ねじ》れている。

ゆずはらとしゆき

寝行

寝言がうるさいと、隣室の姉から文句をいわれた。
寝言なんていってないと返せば、姉は大笑い。
夜中に支離滅裂なことをわめいているという。
まさかとは思いつつも、スマホの録音アプリを一晩中、起動させておいた。
朝になって再生する。
「おい、聞いてんじゃねえよ」
そのひと言以外は静かなものだった。

頭琴

「頭琴は清《しん》の史料にみえる楽器で、刎《は》ねた敵方の首を使う。鉄弦を顎に渡して固定して、擦《こす》ると恨み言を歌うので興を買った。
そのうち楽器のほうも飽きたものか、セクハラ事件を起こして破砕された。ここにあるのは貴重なそのかけらである。あ、女性は近づくと不快な思いをするのではなれてください」

円山まどか

梅の鬼

彼女が狂い咲きの山から下りてくる祭の夜、子供たちはみんな家に閉じ込められる。僕だけが彼女の、雪色の肌と満月色の瞳と紅梅色の唇を見ることを許された。僕の肉を削ぎながら、彼女は「緋《あけ》と白のどちらが好みえ」と問うてくる。優しい彼女は毎年、贄《にえ》が望んだ色で山を染めてくれるのだ。

川辺の砂

白井智之

黒岩の陰でふと夢の幻影が消えた。江戸川の木々を眺めるうち睡魔に呑まれたらしい。時刻は十三時。手遊びに小栗を弄《もてあそ》んでいると、俄《にわ》かに砂が立ち上がった。これはドイツ正史の砂男だ。大阪から香山の日影《ひかげ》道《みち》を抜けて来たのだろう。川面《かわも》で鮎が跳る音。——ああ、これも夢か。高木の間を山風が吹き抜ける。

みんな死ね

夢の中でうまく走れないのは布団をかぶっているからだそうだが、夢の登場人物たちがじつはあなたを嫌っている理由は解明されていない。

円山まどか

世の中

井上竜

朝起きて出社したら、上司がゴリラになっていた。後輩がおかしいおかしいと喚《わめ》き散らしていたが、私を含めた社員の誰もが取り合わなかった。しかし、必死で主張し続けている彼を見ているうちに、どうにも不《ふ》憫《びん》になってきた。帰りに飲み屋へでも連れてってやり、世の中はそういうものだと教えてやろう。

猫屋敷

仔猫の貰い手がみつかった。よかった、彼は猫好きで有名だ。これまで何匹もの猫が彼に拾われ、貰われた。仲間がいれば仔猫も嬉しいだろう。

仔猫を抱き、挨拶をして家にあがったら、早速、靴箱の横に黒猫がいる。屈みこみ撫でようとして気がついた。

剝製《はくせい》だ。

腕の中で仔猫が鳴いた。

命

命という概念についてちゃんと教えてもらってないので目の前で猫が車に轢《ひ》かれて死ぬことと鉛筆の芯がポキッと折れることの差が全然わからないんだけどそんな僕に今日第一子が生まれた。

百壁ネロ

無視

教室でA子が首を吊って死んでいた。日直の子が糞尿を掃除し、窓を開けて換気をする。先生が来て出席をとる。給食には冷凍みかんが出た。A子の分は班の子たちが食べる。放課後になり、皆、教室から出ていく。A子はひとり、夕焼けの中、浮いている。そのうち、首がちぎれて、どさっと落ちる。

岩城裕明

内在する窃視者の立脚点

昔、別れた女を眺めている。

女は生家の一室にひきこもり、たまに姉とまぐわい、平然と赤子を孕《はら》んでいる。なんと退屈な生活で退屈な人生だ。

やがて、独《ひと》り産む女の顔を眺めているが、股座《またぐら》から見上げた顔にはまったく覚えがない。

そりゃそうだ。付き合っていた頃は一度も顔を合わせていないのだ。

ゆずはらとしゆき

愛

僕は瓶詰の心臓を持っている。君が笑うと跳ねるように、涙すると喘《あえ》ぐように脈動する、君の心臓だ。僕はときおり蓋を開けて君の匂いを深く吸う。薄れ逝《ゆ》く君の香の中で、君の心臓に歯を立てる瞬間を夢想して、君に逢う日を俟《ま》っている。

正直者

一田和樹

ある日を境に清作は口をきかなくなった。正直者であることだけが取り柄の男だったが、野良仕事に精を出していたので、暮らしには困らなかった。やがて両親をなくした幼なじみと結婚した。初夜、清作は口を開いた。「お前を手に入れるためにお前の親を殺した。ウソをつきたくないからなにも言わないことにしていた」

祝

結婚二年目おなかに八ヶ月の女の子を宿している里中桃香さんは夫が女子小学生の子宮を絶対神として崇《あが》める宗教に傾倒していることをまだ知らない。

罪体

今日こそ妻子が面会に来るかもしれないと、死刑囚の男は刑務官に話す。「面会だ」と、次に呼ばれるのは自分かも。娘は大きくなったろうなあ。

刑務官は、否定も肯定もせずそれを聞く。刑務官がここに配属されて以来、男に面会に来た人間はいない。

妻子は男が十五年前に殺したのだ。

織守きょうや

リプレイ

一体これでもう何度めだろうか。面倒になって数えるのをやめてしまったけれど、千回を超えていることは確実だった。時空の歪《ゆが》みにはまり込んでしまったのか、この瞬間を私は延々と繰り返している。決して慣れることのない痛みに恐怖を覚えながら、私はまた、校舎の屋上から飛び降りた。

井上竜

コレカラ

ホテルについた時から嫌な感じはしていた。案内された部屋は広く、真新しく見えた。ただ、異様に焦げ臭い。私は溜め息をつき、荷物を運んでくれた青年に「ここで火事がありましたね」と訊《き》いた。「いいえ」と彼は笑顔で首をふり、「ソレハコレカラオコリマス」と不思議な口調で答えた。

岩城裕明

サーカスが来た！

サーカスが機械仕掛けであるように、彼らもまた機械であるのだ。あなたの心が伝わらないのは、彼らが心を持たないからだ。心ない者たちのために、あなたが傷つく必要はない。ポップコーン片手に椅子に腰かけ、堂々と高い席から見下ろせばよい。ほら！　道化師がまた失敗している。

金垂らい

あ、金縛りだ。
視線の先で何か蠢《うごめ》く。
天井から、針金の束が生えてきたのだ。
私の顔目がけて、ずるりずるりと伸びてくる。
きつく結んだくちびるの肉を削ぎ、歯をゆっくりと折りながら、さらに喉を貫く。

はっ、として眼を覚ますと、私の口に向かって、とろとろと舌先から唾を垂らす、妻と目が合った。

堀井拓馬

ふるのこと

一《ひ》、二《ふ》、三《み》、四《よ》。
漁火《いさりび》を数えてはいけないと、母《かか》ぁがいつか言っていた。
五《い》、六《む》、七《なな》、八《や》。
おおい、おおい、と沖から兄《にい》やが手を振ってくれる。
九《ここの》、十《たり》。
けれど、はて。先の嵐に呑まれたのは兄《にい》やの船であったか、あたしの村
であったか。
ふるべ、ゆらゆらと、ふるべ。

夏の終わり

近所に蟬《せみ》の死骸を集めているおばさんがいる。ゴミひろいの一環かなと思ったらそうではなく、布袋につめて枕にするという。いろんな死骸で眠ってみたが、蟬が一番心地よいとのこと。

岩城裕明

ユートピア

井上竜

ある日、時間が戻り始めた。

墜落《ついらく》した飛行機が復元し、割れた地面が結合し、死者が続々と蘇《よみがえ》り始めた。

私は後ろ向きに歩き続け、まもなく息を吹き返した愛猫と再会した。

私は抱いていた愛猫をそっと大地に下ろすと、笑顔で別れ、幼き友と歌い合い、泣きながら母の子宮へと向かい始めた。

澤村伊智（さわむら　いち）
2015年、『ぼぎわんが、来る』（受賞時のタイトルは『ぼぎわん』）で第22回日本ホラー小説大賞大賞、2019年、『学校は死の匂い』で第72回日本推理作家協会賞（短編部門）受賞。著書に「比嘉姉妹」シリーズ（KADOKAWA）などがある。

白井智之（しらい　ともゆき）
2014年、『人間の顔は食べづらい』で横溝正史ミステリ大賞最終候補。著書に『ミステリー・オーバードーズ』（光文社）などがある。

百壁ネロ（ひゃっかべ　ネロ）
2013年、『ごあけん アンレイテッド・エディション』で第16回講談社BOX-AiR新人賞受賞。2017年、『母の嘘』でエブリスタサイコホラーコンテスト佳作。著書に『母の嘘』（アンソロジー『悪意怪談』所収、竹書房）などがある。

堀井拓馬（ほりい　たくま）
2011年、『なまづま』で第18回日本ホラー小説大賞長編賞受賞。著書に『夜波の鳴く夏』（KADOKAWA）などがある。

円山まどか（まるやま　まどか）
2011年、『自殺者の森』で第8回講談社BOX新人賞Powers大賞受賞。著書に『八月の底』（ディスカヴァー・トゥエンティワン）などがある。

矢部 嵩（やべ　たかし）
2006年、『紗央里ちゃんの家』で第13回日本ホラー小説大賞長編賞受賞。著書に『〔少女庭国〕』（早川書房）などがある。

ゆずはらとしゆき
2000年、作家デビュー。著書に「空想東京百景」シリーズ（講談社、一迅社、LINE）、「桃瀬さん家の百鬼目録」シリーズ（KADOKAWA）などがある。

著者紹介

岩城裕明（いわき　ひろあき）

2008年、『ようこそ、ロバの目の世界へ。』で第6回講談社BOX新人賞流水大賞優秀賞受賞。2014年、『牛家』で第21回日本ホラー小説大賞佳作。2015年からサークル「薄禍企画」主宰。著書に『事故物件7日間監視リポート』（KADOKAWA）、『呪いに首はありますか』（実業之日本社）などがある。

藍内友紀（あいうち　ゆうき）

2017年、『スターダスト・レイン』で第5回ハヤカワSFコンテスト最終候補。著書に『星を墜とすボクに降る、ましろの雨』（早川書房）などがある。

一田和樹（いちだ　かずき）

2010年、『檻の中の少女』で第3回ばらのまち福山ミステリー文学新人賞受賞。著書に『義眼堂 あなたの世界の半分をいただきます』（KADOKAWA）、『天才ハッカー安部響子と2,048人の犯罪者たち』（集英社）などがある。

井上 竜（いのうえ　りゅう）

2009年、講談社BOX新人賞流水大賞佳作。2011年、講談社BOX新人賞Powers佳作。2017年、第4回クリエイティブメディア出版コンテスト児童書部門準大賞受賞。作品に『押入れで花嫁』（アンソロジー『Powers Selection［新走］』所収、講談社）などがある。

織守きょうや（おりがみ　きょうや）

2012年、『霊感検定』で第14回講談社BOX新人賞Powers大賞、2015年、『記憶屋』で第22回日本ホラー小説大賞読者賞受賞。著書に『幻視者の曇り空』（二見書房）などがある。

最東対地（さいとう　たいち）

2016年、『夜葬』で第23回日本ホラー小説大賞読者賞受賞。著書に『七怪忌』（KADOKAWA）、『KAMINARI』（光文社）などがある。

ササクラ

2012年、『緋色のスプーク』で第5回講談社BOX-AiR新人賞受賞。著書に『アジュアの死神』（講談社）などがある。

本文デザイン：岡本歌織（next door design）

本書は、2018年5月に薄禍企画より刊行された『ゆびさき怪談［黒］』を改題し、加筆修正し、書き下ろし一編を加え再構成したものです。

ＰＨＰ文芸文庫　ゆびさき怪談
一四〇字の怖い話

2021年7月21日　第1版第1刷

著　者　岩城裕明　藍内友紀
一田和樹　井上　竜
織守きょうや　最東対地
ササクラ　澤村伊智
白井智之　百壁ネロ
堀井拓馬　円山まどか
矢部　嵩　ゆずはらとしゆき
発行者　後　藤　淳　一
発行所　株式会社ＰＨＰ研究所
東京本部　〒135-8137 江東区豊洲5-6-52
第三制作部　☎03-3520-9620(編集)
普及部　☎03-3520-9630(販売)
京都本部　〒601-8411 京都市南区西九条北ノ内町11
PHP INTERFACE　https://www.php.co.jp/
組　版　朝日メディアインターナショナル株式会社
印刷所　株式会社光邦
製本所　株式会社大進堂

ISBN978-4-569-90142-8

PHP文芸文庫

怪談喫茶ニライカナイ

蒼月海里 著

「貴方の怪異、頂戴しました」——。怪談を集める不思議な店主がいる喫茶店の秘密とは。東京の臨海都市にまつわる謎を巡る傑作ホラー。

PHP文芸文庫

一行怪談(一)(二)

吉田悠軌 著

「公園に垂れ下がる色とりどりの鯉のぼりに、一つだけ人間が混じっている。」一行のみで綴られる、奇妙で恐ろしい珠玉の怪談小説集。

PHP文芸文庫

青鬼

noprops原作／黒田研二著／鈴羅木かりん イラスト

累計100万部突破の大人気シリーズの第一巻、待望の文庫化。迫りくる敵から逃れながら、仲間と謎を解くことで、閉ざされた館から脱出せよ！

PHP文芸文庫

鵜野森町《うのもりちょう》あやかし奇譚(一)(二)

あきみずいつき 著

妖怪や化け物も暮らす不思議な町・鵜野森町に現れたのは、昔亡くなったはずの女性で……？ 高校生の男女の成長を描いた感動のシリーズ！